# POÉSIES BADINES,

## AVEC GRAVURES.

DE L'IMPRIMERIE DE PLASSAN,
RUE DE VAUGIRARD, N.° 15.

# L'ART D'ÊTRE HEUREUX,

OU

# L'ORIGINE DE LA GALE,

## POEME HÉROÏ-COMIQUE.

PAR M. N. C.....

SECONDE ÉDITION.

PARIS,

L'ÉDITEUR, rue des Francs-Bourgeois, n.° 6, faubourg Saint-Germain;

DELAUNAY, Libraire, Palais-Royal, galerie de bois, n.° 243 et 244.

PLANCHER, Libraire, rue Serpente, n.° 14.

JAJOT, Libraire, rue du Petit-Lion-Saint-Sulpice, n.° 9;

Et chez tous les Marchands de nouveautés.

1817.

# PRÉFACE.

Cette bagatelle dut sa naissance à une maladie que je crus, pendant huit jours, être celle que je décris ici. J'avais voyagé dans quelques villes d'Allemagne; et nos soldats, qui les remplissaient alors, n'y promenaient que trop souvent la g... avec leurs lauriers. Mais avant huit jours tous les symptômes disparurent, et avec eux mes inquiétudes. Ce fut pendant six à sept nuits d'insomnie complète, que je composai cette plaisanterie poétique, que la disposition d'esprit où je me trouvais alors me permit d'égayer des plus grands contrastes. On s'attend bien que, dans un sujet de cette nature, il doit se trouver des endroits un peu gais; mais j'ai fait tout mon possible pour qu'on n'y rencontrât aucun mot qui pût effaroucher des oreilles honnêtes. Je n'ai voulu que faire sourire les personnes sérieuses, qui seront peut-être surprises qu'un sujet aussi mince pût fournir trois à quatre cents vers. Le succès d'un pareil ouvrage ne peut être d'un grand poids pour la réputation d'un auteur; mais celui-ci, n'en eût-il aucun, je serais d'autant plus disposé à m'en consoler, que je n'y ai employé d'autres heures du jour que celles qui étaient nécessaires pour l'écrire.

Il est aisé de voir que je travaillais pendant la guerre de Russie, dont les résultats ont été si heureux pour la France, après avoir été si désastreux pour nos braves armées. Je n'ai pu me dispenser de payer un juste tribut d'éloges à leurs faits héroïques; mais j'ai dû être court; ce n'était pas dans un ou vrage de cette nature, que l'on pouvait détailler tous les titres qu'elles ont à la gloire.

Le poëme de la chauffrette a un peu plus d'importance que l'autre : il a fallu traiter le sujet d'une manière plus grande. Les détails se sont multipliés sous la plume de l'auteur et ont produit un poëme de sept à huit cents vers avec la chanson qui termine le second chant. Le hasard seul fit naître l'idée de cette plaisanterie. L'auteur était au spectacle, l'hiver, dans une ville de province; et après le premier acte, il vit arriver au parquet, aux loges et dans tous les endroits où il y avait des femmes, une si grande quantité de chauffrettes, de couvets et de vases à feu de toute espèce, qu'il en fut véritablement effrayé. Son imagination s'échauffa, ses idées s'accumulèrent en foule, son plan fut fait à l'instant même, et peu de jours après, le poëme se trouvait dans l'état où on le donne au public. L'auteur a été entraîné dans ce second poëme par la nature même du sujet à des descriptions plus libres, à des détails un peu plus graveleux; mais il a fait en sorte qu'ils ne présentassent aucune idée obscène. Cependant, il hésitait à le faire paraître ; il était d'abord retenu par la licence de certains tableaux ; mais il a été bientôt rassuré en pensant qu'il y avait dans notre langue quantité d'ouvrages bien plus dangereux que le sien, et bien plus attrayans par une foule d'intérêts qui lui manquent ; et qu'il y aurait, de sa part, trop de présomption à croire que celui-ci dût l'emporter sur les autres, et les faire oublier. Il ne l'a donc regardé que comme une de ces productions indifférentes que le même jour voit naître et mourir, et dont l'intervalle entre la naissance et la mort n'est remarquable, ni par le bien ni par le mal qu'elles ont fait.

---

# ORIGINE
# DE LA GALE,
## POËME HÉROÏ-COMIQUE.

---

### CHANT UNIQUE.

Je chante ce Plaisir vulgaire, mais piquant,
Que tout être sensible éprouve en se grattant ;
Plaisir vrai, sans apprêt, doux charme de la vie,
Et dont un dieu jaloux fit une maladie.

Je t'invoque en ce jour, grattelle bienfaisante !
Fais couler dans mes vers l'humeur âcre et mordante
Qui porte dans nos sens cet aimable prurit,
Dont le faquin se moque et le galeux jouit.
Qu'en me lisant, chacun, se grattant sans mesure,
Sente ce que ne fait qu'indiquer ma peinture.
Plaisir délicieux! je ne puis te goûter ;
Quand on écrit, hélas! peut-on bien se gratter?

Muse, raconte-moi si c'est un pur caprice,
Ou bien de quelque dieu la bonté protectrice
Qui fit à l'indigent, dans son adversité,
Un bien qui manque au riche en sa prospérité ;

Qui combla la détresse et la misère extrême,
De plaisirs mieux sentis que ceux du diadême?
Ce bienfait que je place au nombre des plus grands,
A remplacé chez nous la chimère des rangs.

Tout le monde connaît la très-plaisante histoire
Du dieu nommé Vulcain, de burlesque mémoire.
Ce mari, comme on sait, incommode et jaloux,
Prétendait s'opposer aux secrets rendez-vous
Qu'il soupçonnait un dieu d'avoir avec sa femme.
Il n'est point de moyens, il n'est piége, ni trame,
Que Vulcain n'employât pour jouir du bonheur
De se convaincre enfin de tout son déshonneur.
Ce succès à ses yeux valut une conquête.
Mais, pour en divulguer l'aventure complète,
Il voulut que des rets, fabriqués de sa main,
Retenant enlacé ce couple libertin,
Fissent connaître aux dieux et leur crime et leur honte.
Le jaloux cependant y trouva du mécompte;
De sa sotte vengeance il eut seul tout l'affront,
Et pour s'en consoler, il se gratta le front.
Depuis, chaque mari, dans sa mésaventure,
Croit, en grattant son front, effacer son injure.
Mais quand cet art heureux fut un peu mieux connu,
L'usage de gratter devint plus répandu.
On se gratta bientôt des pieds jusqu'à la tête,
De se gratter par tout, on se fit une fête;
Il n'est endroit secret dans tout le corps humain,
Où l'homme ne portât une indiscréte main.
On gratta chez le rustre, on gratta chez le prince,
Au village, à la ville, à la cour, en province.
On trouvait à gratter enfin tant d'agrémens,
Qu'on se mit à gratter à l'épaule des grands,
Pour en tirer les biens que le flatteur emporte;
Bref, au lieu de frapper, on grattait à leur porte.

Du moins si les mortels en fussent restés là?
Mais, bientôt en fureur, ce goût dégénéra.
On vit par tout alors, dans toutes les familles,
Sans femmes les garçons, et sans maris les filles,
Tant filles et garçons contens de se gratter,
Trouvaient moins doux les nœuds, qu'il fallait contracter!
Et j'ai lu quelque part que plus d'un bon ménage
S'était trouvé par-là réduit presque au veuvage.
Ce mal contagieux choqua les immortels.
Vénus voyant alors déserter ses autels,
Et croyant que l'Amour, moins ardent à lui plaire,
Cessait de propager le culte de sa mère.
« Mon fils, dit-elle un jour, voyez ces vils humains,
» A quel usage indigne, ils consacrent leurs mains,
» Devais-je donc m'attendre à cet excès d'outrage,
» Quand pour les rendre heureux, j'ai tout mis en usage?
» Je ne suis plus pour eux, la reine des Plaisirs,
» J'excite tout au plus d'inutiles désirs,
» Moi qu'on voyait jadis, superbe et triomphante,
» Enchaîner à ma cour, une troupe élégante,
» Qui, puisant dans mes yeux, le destin de ses jours,
» Croyait ne vivre pas, en vivant sans amour.
» Cet heureux temps n'est plus : une race maudite
» Adopte une coutume aux amans interdite.
» Pleins du plus tendre amour, les mortels deux à deux
» Se confiaient jadis le secret de leurs feux;
» On les voit aujourd'hui, pleins d'égoïsme extrême,
» Se fuir tous, s'éviter, se suffire à soi-même,
» Et loin des doux ébats d'un mutuel amour,
» Chacun d'eux dans un coin se gratter sans retour.
» Pour les mortels séduits n'ai-je donc plus de charmes?
» Et vous, pour les dompter, n'avez-vous plus vos armes?
» Rappelez-vous ces temps, où sur leurs palefrois,
» Les plus fameux guerriers, au milieu des tournois,
» Prouvaient, la lance au poing, dans l'ardeur d'un beau zèle,
» Que leur maîtresse étoit des belles la plus belle :

» Nul dieu n'était alors plus que vous respecté,
» Et le rang, quel qu'il fût, cédait à la beauté.
» Quel respect aujourd'hui l'homme a-t-il pour les dames?
» Vous voyez, il se gratte, et laisse-là les femmes.

« O toi! qui fis toujours sa joie et son bonheur,
» Lui répliqua l'amour, hélas! dans ma douleur,
» Je ne puis rien pour toi, je n'ai plus que mes larmes;
» J'invoque, mais en vain, le pouvoir de mes armes;
» Ces armes qui jadis, par de constans succès,
» Secondèrent si bien mes goûts et tes projets,
» Et malgré ma fureur, et malgré mon adresse,
» Ne servent aujourd'hui qu'à prouver ma faiblesse;
» Et la peau des humains, durcie en se grattant,
» Des traits les plus aigus se joue impunément.
» Un jour, il m'en souvient, ô fatale disgrace!
» D'un gratteur insolent je crus punir l'audace,
» Mais le trait par mon bras avec force lancé,
» Vint à mes pieds soudain retomber émoussé.
» Je ne le sens que trop, si l'homme continue,
» Tu n'as plus qu'un vain nom; ta puissance est perdue. »

Des larmes, à ces mots, coulèrent de ses yeux;
Il ne peut supporter ce penser odieux.
Sa mère, quelque temps immobile, muette,
Donnant un libre cours à sa douleur secrète:
« Quoi! les hommes, dit-elle, ont dédaigné Vénus!
» Tant de charmes, d'attraits par eux sont méconnus!
» Je prétends m'en venger: il y va de ma gloire;
» Cet affront à jamais souillerait ma mémoire.
» Qu'ils se grattent, d'accord; qu'ils conservent ce goût;
» Mais ils sauront du moins qu'en me poussant à bout,
» Autant que mes bienfaits s'étendront mes vengeances;
» Un châtiment honteux punira leurs offeuses. »

Son air, son ton d'abord annonçait le courroux;
Mais bientôt reprenant un visage plus doux,

*Elle songe avant tout à soigner sa toilette.*

Pag. 11.

Plus conforme aux projets qu'elle roule en sa tête,
Elle pense avant tout à soigner sa toilette,
Sûre que la beauté, les grâces, les attraits,
Qui par tout, comme on sait, procurent les succès,
Peuvent tirer encore une force nouvelle
De cet art merveilleux, que possède une belle.
Soudain les Ris, les Jeux, les Amours, à sa voix,
Se présentent en foule, arrivent à la fois;
L'un s'arme d'un miroir, où les Grâces décentes
Figurent à côté des mines agaçantes.
Un second est porteur de ce vif vermillon
Qui pare la Pudeur, décore un jeune front.
Ici l'on voit du blanc, là, le bleu de la veine,
Qui sur un sein d'albâtre en filets se promène;
Ce ne sont que rubis, perles et diamans,
Éblouissant les yeux de leurs feux éclatans;
Enfin l'on voit aussi des fleurs fraîches écloses,
La jonquille, l'œillet, des soucis et des roses.
Deux cercles de cristal, par Vulcain amollis,
Vont ceindre de ses bras les contours arrondis.
Les Grâces dans un coin déroulent la ceinture
Qui fait dans tous les temps sa plus belle parure.
Ce chef-d'œuvre étonnant par sa simplicité
Surpasse la nature et l'art même en beauté;
De cent dons réunis c'est l'heureux assemblage;
Elle anime les traits, embellit le visage,
Donne au geste, au maintien, le bon ton, le bel air;
Bref, Junon l'emprunta pour fixer Jupiter.
L'Amour seul est présent; il flatte, on le consulte;
L'amour de la Beauté suivit toujours le culte.
Interrogé sur tout, il donne son avis;
Par lui tout est placé, déplacé, puis remis.
Telle on voyait jadis une aimable coquette
D'un abbé sémillant égayer sa toilette.
« Cette fleur, lui dit-il, mise ailleurs sera mieux;
» L'éclat de ce rubis ternirait vos beaux yeux,

» Serrez moins ce ruban, il aura plus de grâce;
» Otez ce diamant; votre fichu grimace;
» Ce nœud est un peu bas, ce corset trop fendu;
» L'œil doit tout deviner, et ne rien voir à nu :
» L'imagination augmente le prestige,
» Et ce qui n'est que beau, voilé devient prodige. »
Un jour ainsi se passe à changer, à placer,
A remettre, à défaire, à tout bouleverser.
Combien le pauvre Amour éprouva de boutades!
Combien les Ris, les Jeux eurent de rebuffades!
Vénus n'oublia pas ce maintien, ce coup d'œil,
Qui sous un air soumis, sait déguiser l'orgueil;
Et ce ton de langueur, et ces minauderies,
Qui font de la pudeur l'art des agaceries....
Quand elle eut essayé si ses charmes vainqueurs
Avaient tout ce qu'il faut, pour triompher des cœurs;
Quand elle crut enfin sa victoire assurée :
« Montons, mon fils, dit-elle, à la voûte azurée;
» Voyons si j'obtiendrai de la bonté des dieux,
» Ce que m'ont refusé les mortels dédaigneux. »
Aussitôt sur son char, par ses moineaux fidèles,
La déesse est conduite aux voûtes éternelles.

Au-DELA du soleil, et plus loin que les cieux,
Un palais magnifique est le séjour des dieux.
L'œil n'y découvre point nos mesquines richesses,
De nos arts tant vantés les grossières finesses.
Nos jaspes, nos rubis, notre or, nos diamans
Seraient de ce palais, d'indignes ornemens.
Ses beautés sans apprêt, ses richesses sans faste,
Font avec notre monde un éternel contraste;
L'œil ne peut contempler, ni l'esprit concevoir
L'ensemble merveilleux de ce divin manoir;
Il enchante, il ravit par son architecture,
Et son type parfait n'est pas dans la nature;

Il se perd dans l'espace, il n'est point limité,
Et pourtant rien ne choque en son immensité.
Cette merveille à l'homme ici-bas exposée,
Absorberait ses sens et tuerait sa pensée.
C'est-là que Jupiter, maître de nos destins,
S'occupe quelquefois des malheureux humains.
Il repassait alors, dans sa vaste mémoire,
De tous les noms fameux, l'intéressante histoire;
Et tout ce qu'il voulait offrir à son esprit,
Était lu par les dieux, comme s'il l'eût écrit.
Il venait de parler de César, d'Alexandre,
Des héros de la Grèce, et de ceux du Scamandre,
Et prétendait prouver, malgré cent balivernes,
Que les guerriers anciens le cédaient aux modernes.
Il s'étayait surtout de ces fameux soldats,
Qui dans le monde entier livrèrent des combats;
Qui, bravant les besoins, la chaleur et les glaces,
Laissèrent en tous lieux de glorieuses traces;
Dont les faits éclatans, les merveilleux succès,
Confondirent la Gloire avec le nom français;
Dont la haute valeur, les vertus, la constance,
Au rang du premier peuple, élevèrent la France,
Et dont les noms fameux par d'immortels travaux,
Font oublier les noms des plus fameux héros.
Jupiter entamait la guerre de Russie;
Et tous les demi-dieux, outrés de jalousie
Qu'on eût le noble orgueil d'effacer leurs exploits,
Demandaient à grands cris au souverain des rois,
De ces débats sanglans quelle serait l'issue.

Mais, de Vénus, Mercure annonce la venue.
Pour ce charmant objet on laisse les combats;
Mars seul était fâché qu'on ne poursuivît pas,
Tant ce dieu se complaît au carnage, aux alarmes.
Cependant, de Vénus il reconnaît les charmes;

Et croyant voir en elle un certain embarras,
Il courut à l'instant lui présenter le bras.
Ce secours imprévu lui rendit l'assurance,
Qu'en elle avait, des dieux fait perdre la présence.
Sur tous les cœurs alors, elle reprit ses droits;
Chaque dieu crut la voir pour la première fois;
Aucun qui ne sentît quelque chose pour elle,
Aucun qu'on n'entendît murmurer: « Qu'elle est belle! »
Mars surtout triomphait des éloges flatteurs,
Qu'on donnait à la ronde, à ses attraits vainqueurs;
Et Vulcain, oubliant que Vénus est sa femme,
Crut ressentir pour elle, une légère flamme.
Junon qui, vieille et laide, abhorrait la Beauté,
En la voyant venir, se tourna de côté,
Et marmota tout bas « qu'elle avait l'air maussade;
» Que ses yeux étaient morts; que son teint était fade. »
Vénus marchait pourtant vers le maître des dieux,
Laissant négligemment sur eux tomber les yeux;
Mais, ô honte! ô douleur! ô cruelle surprise!
Tous se grattaient; chez eux cette mode est admise!
Et Mars qui d'une main guidait alors ses pas,
De l'autre se grattait ce qu'on ne nomme pas.
A cet aspect, Vénus, perdant soudain courage,
Se rappelle à propos l'objet de son voyage,
Et, reprenant un ton conforme à son malheur,
Abjurant de faux airs, une feinte douleur,
Elle commence enfin cette triste harangue,
Qui peut-être vingt fois expira sur sa langue:

« Père des dieux! ô vous! par qui le malheureux,
» De tout temps écouté, vit exaucer ses vœux!
» Vers l'homme vous savez quel doux penchant m'entraîne.
» Mais aujourd'hui l'ingrat a mérité ma haine.
» Que m'a servi mon rang parmi les immortels?
» Que m'a servi l'encens brûlé sur mes autels,

» Et les honneurs divins de Paphos, d'Amathonte,
» Si Vénus est réduite à cet excès de honte
» de voir les vils humains partout la négliger,
» Et d'implorer contre eux, un secours étranger? »
Les dieux qui l'écoutaient, redoutant sa vengeance,
De crainte de l'aigrir, gardaient tous le silence;
Et Vénus qui savait l'art de dissimuler,
Sans blesser aucun d'eux, acheva de parler.
« Sans déshonneur, sans doute, au maître du tonnerre,
» On peut offrir ses vœux et son humble prière;
» Mais celle qui toujours eut des adorateurs,
» Et qui mit tous ses soins à s'attacher les cœurs,
» Ne voit pas sans chagrin, tomber une puissance,
» Dont tout lui promettait la douce jouissance.
» De quoi se plaignent-ils? J'ai flatté leurs désirs;
» Je leur ai procuré de faciles plaisirs.
» J'ai calmé les transports de l'ardente jeunesse,
» J'ai ranimé les feux de la froide vieillesse,
» Et malgré les ennuis de l'éternel Hymen,
» J'ai semé quelques fleurs sur ce triste lien.
» Après tant de bienfaits voyez leurs injustices;
» Ils ne recherchent plus que des plaisirs factices.
» Au lieu des plaisirs vrais, par l'amour introduits,
» Ils en goûtent de faux dans de sombres réduits;
» Et l'union des cœurs, vrai charme de la vie,
» Passe chez ces ingrats pour une tyrannie.
» Arrêtez au plutôt ces funestes abus;
» Ou c'est fait de l'Amour, ou c'est fait de Vénus.
» Et Jupiter, malgré l'éclat qui l'environne,
» Serait forcé peut-être à descendre du trône.
» Si de tels attentats demeurent impunis,
» Les dieux, au lieu d'encens, n'auront que des mépris. »
Le ton de l'orateur était plus vif que tendre;
Elle avait dit; les dieux croyaient encor l'entendre.
Ils étaient criminels; honteux de sa leçon,
Ils s'accusaient tout bas, et lui donnaient raison.

Jupiter irrité se lève ; et son tonnerre
A jeté l'épouvante, aux cieux et sur la terre ;
Et tous les immortels, pleins de crainte et d'effroi,
Ecoutent en tremblant, les arrêts de leur roi.

« Ma fille, je connais le sujet de vos larmes ;
» Je sais depuis long-temps qu'on néglige vos charmes,
» Dit-il. Rassurez-vous, calmez votre douleur.
» L'homme sans doute a tort ; mais ce n'est qu'une erreur ;
» Sur l'homme, malgré lui, s'exerce votre empire ;
» Il le voudrait en vain, il ne peut le détruire ;
» Et, si j'ai bien connu les décrets du Destin,
» Cette erreur d'un moment va bientôt prendre fin.
» Bientôt ils rougiront d'un plaisir solitaire ;
» Je les vois se montrer plus ardens à vous plaire,
» Et pour combler enfin de mutuels désirs,
» S'abreuver deux à deux d'ineffables plaisirs.
» S'il en était en qui cette habitude infame
» Pût prévaloir encor sur les plaisirs de l'ame,
» Et qui, connaissant mal ce bien faux et trompeur,
» Voulût y voir toujours la source du bonheur,
» Je punirais enfin cet odieux caprice ;
» L'honneur des dieux l'ordonne, ainsi que la justice ;
» Non que, dans le prurit, je prétende arrêter
» Le premier mouvement qui porte à se gratter,
» Mais que pour vous narguer on gratte avec outrance,
» Alors on est coupable, et la peine commence.
» La fureur de gratter enfantera des maux
» Qui feront rougir l'homme, aux yeux de ses égaux ;
» Oui, l'homme, plein d'horreur pour une maladie
» Qui peut flétrir en lui les sources de la vie,
» De lui-même fuira loin des autres humains ;
» Il corrompra l'objet que toucheront ses mains ;
» Son corps sera hideux, sa peau dure, inégale ;
» Enfin ce mal affreux.... se nommera.... la gale !!! »

A ce terrible mot, tous les dieux de pâlir,
L'un cédant à la peur, et l'autre au repentir.
Et les mains qui pour lors se trouvaient égarées,
De tout endroit suspect à l'instant retirées,
Paraissent au grand jour; tant cet arrêt fatal
Fit craindre même aux dieux de gagner un tel mal.
Mais cet arrêt chez nous a bien moins d'importance;
L'homme galeux se gratte et rit de la sentence.

Peut-être certains fats, pour singer Jupiter,
Tiendront même langage et par ton et par air :
Ils diront hardiment, n'importe qu'on les raille,
Que de pareils plaisirs sont faits pour la canaille.
Une duchesse était de bien meilleure foi;
La dame eût désiré qu'une sévère loi
Ne permît le gratter qu'à la seule noblesse,
Tant de ce vif plaisir elle goûtait l'ivresse.

Quant à maître Jupin, pour consoler Vénus
Des chagrins dévorans que la belle avait eus,
Il lui donne un baiser dont la douce ambroisie
Entretient chez les dieux une immortelle vie.
Vénus qui sent le prix d'une telle faveur,
Se colore aussitôt d'une aimable rougeur,
Et fait en s'éloignant une humble révérence,
Dont la grâce fait mieux regretter son absence;
Et soudain à son char attelant ses moineaux,
Elle est en un clin d'œil aux bosquets de Paphos.

---

# ORIGINE
# DE LA CHAUFFRETTE (1),
## POËME HÉROÏ-COMIQUE.

---

## CHANT PREMIER.

J'ATTAQUE cette erreur, cet usage indécent,
Qui du sexe détruit le plus bel ornement,
Qui par les feux brûlans d'une infame chauffrette,
Décolore, noircit l'œuvre la plus parfaite,
Qui transforme un objet charmant, délicieux,
En croûte, repoussant et la main et les yeux.
La Nature pour vous serait une marâtre,
Si, loin de vous donner deux colonnes d'albâtre,
Sexe aimable, imprudent! elle eût sous vos jupons,
Sur deux genoux d'ivoire, élevé deux charbons;
Et c'est vous qui, sans honte, à vous-même infidelle,
Portez sur vos appas une main criminelle!
Et c'est vous qui changez en marbres bigarrés
Des supports et de rose et de lys colorés!

J'IMPLORE ta pitié, Déesse, dont la rage,
A leurs charmes secrets fit ce sanglant outrage:
La Nature aux mortels offrait ce seul plaisir,
Et tu gâtas les lieux formés pour l'embellir!
La Volupté, placée aux sources de la vie,
Expirante languit sous une peau flétrie.

---

(1) Je demande grâce aux puristes en faveur du mot *Chauffrette*, auquel j'ai donné une syllabe de moins qu'il n'eût dû avoir, ayant à répéter souvent ce mot, il eût été impossible de l'employer avec quatre syllabes. J'ai cru que le peu d'importance de l'objet pouvait faire passer sur cette irrégularité. (*Note de l'Auteur.*)

N'as-tu donc pas assez exercé ton courroux ?
N'oublîras-tu jamais tes sentimens jaloux ?
Un seul était coupable, il en porta la peine,
Et son supplice, hélas! n'assouvit pas ta haine?
Faudra-t-il que toujours tes malédictions
Poursuivent des humains les générations?
Et que l'homme, puni de ton antique injure,
Remplisse avec dégoût l'œuvre de la nature?
Reviens, je t'en conjure, à d'autres sentimens;
Tu punis les aïeux, épargne les enfans ;
Que l'homme, par l'amour rapproché d'une femme,
Ne trouve en elle rien qui n'excite sa flamme,
Et qu'une douce peau, ferme et blanche par tout,
De diverses beautés ne fasse qu'un seul tout.

Muse, raconte-moi quelle terrible offense
Peut mettre au cœur des dieux cet excès de vengeance ?
Voudraient-ils, savourant leurs immortels plaisirs,
Eteindre encore en nous jusques à nos désirs?
Et de l'homme ici bas quel est donc l'avantage,
S'ils le privent du seul qui soutient leur ouvrage?
Dis-moi pourquoi Diane, aux filles de son temps,
Donna ce goût funeste et fatal aux amans.
Diane cependant, malgré ses vertus feintes,
De l'amour, comme une autre, éprouva les atteintes;
Diane, si sensible aux traits d'Endymion,
Eut bientôt, moins parfait, éteint sa passion.
Elle s'appelle Hécate, et Diane, et la Lune,
Afin que, rencontrant une bonne fortune,
Au ciel, ou sur la terre, où chez le noir Pluton,
Elle puisse à ses goûts se livrer sans soupçon.

La Lune donc un jour, en éclairant le monde,
Jetait, pour se distraire, un coup d'œil à la ronde,
Et parcourant des yeux les prés, les champs, les bois,
Sans qu'elle fixât rien, voyait tout à-la-fois.

Cependant, au détour de certain sentier sombre,
Elle aperçoit quelqu'un couché, dormant à l'ombre.
C'était Endymion; ses grâces, sa beauté,
Le décelaient. Son chien dormait à son côté.
En voyant ce beau corps, cette peau blanche et nue,
Discrètement la Lune en détourna la vue.
Les filles font ainsi par circonspection.
Bientôt elle y revint avec réflexion.
Les filles font comme elle. Il dormait sur la terre;
On dit qu'un sol humide est à l'homme contraire.
Elle pense aux moyens d'arracher son amant,
( Car elle sent déjà pour lui quelque penchant, )
Au danger qui par-là peut menacer sa vie,
Laissant, pour le sauver, dormir sa modestie;
Ainsi plus d'une belle, en suivant son bon cœur,
A bien souvent perdu le chemin de l'honneur.
Pleine de son projet, elle appelle les Heures,
Leur ordonne à l'instant de quitter leurs demeures,
Et d'aller droit au lieu que désigne sa main.
A peine elle a parlé qu'elles y sont soudain.
Mais que devint la troupe, en voyant sur la terre
Un jeune homme charmant, découvrant sans mystère
Aux yeux ce qu'il était : nonobstant sa beauté,
Toutes s'enfuyaient, mais regardaient de côté.
De la Lune bientôt redoutant la vengeance,
Elles prennent enfin un peu plus d'assurance,
Et marchant en arrière, avec précaution,
Arrivent, sans rien voir, auprès d'Endymion.
Tels deux fils de Noë, par un motif louable,
Firent envers leur père, une action semblable.
Chacune alors se met, l'une à cueillir des fleurs,
L'autre à presser la plante aux suaves odeurs,
Et de toutes enfin quand la récolte est prête,
On l'en couvre en entier, sans détourner la tête.
Lorsqu'on ne voit plus rien, on est bien plus hardi,
Le beau sexe surtout. Au jeune homme endormi,

Pendant ce long travail, le plus aimable songe
Donnait d'un vif plaisir l'agréable mensonge;
Il s'agitait; le groupe en suspens attendait,
L'œil et l'oreille au guet, pour fuir, s'il s'éveillait.
Endymion plus calme, on procède à lui faire
Une couche plus molle, et surtout salutaire.
Deux à deux, l'une à l'autre entrelaçant leurs mains,
Elles font à l'instant quatre charmans coussins,
Sur quoi, sans l'éveiller, huit Heures le suspendent,
Pour le porter aux lieux où deux autres l'attendent,
De leurs bras potelés lui formant un brancard
Cent fois plus doux que ceux que l'on obtient de l'art.
Mais entre elles bientôt distribuant les rôles,
Deux soutiennent les reins, deux autres les épaules,
Deux plus bas, qui portaient des endroits plus charnus,
Mollement balancés sur deux jolis bras nus,
Ressentaient du plaisir une légère amorce,
Dont leur vertu bientôt sait émousser la force.
Deux autres sous sa cuisse, assez près des genoux,
Paraissaient réclamer un office plus doux;
Aux jambes la neuvième, enfin l'autre à la tête,
S'applaudit de son lot, comme d'une conquête.
Quelque chose leur dit que l'aimable dormeur,
Dont leurs bras sont chargés, peut faire leur bonheur;
C'est un soupçon léger que le Zéphir emporte.
Ainsi des grises sœurs la pieuse cohorte,
Ne voyant que Dieu seul auprès des moribonds,
Malgré l'affreux désordre, où souvent furibonds,
Une fièvre brûlante avec transport les jette,
Ne pensent qu'aux secours que leur zèle leur prête.
En vain le dos, les reins, la cuisse *et cætera*
Étalent à leurs yeux les attraits qui sont là,
Rien ne les charme, rien n'a de prise sur elles,
Leurs sens ont désappris les atteintes charnelles.
Du malade, il est vrai, la mourante langueur
N'offre pas même à l'œil un reste de vigueur;

Ses yeux éteints, hagards, son teint pâle et livide,
Sur ses os desséchés une peau have, aride,
Ne sont pas des objets à réveiller l'amour;
Au lieu qu'Endymion, beau, frais comme le jour,
Dans cette fonction aux douze Heures prescrite,
Au doux plaisir des sens tout bas les sollicite.
Cependant on arrive aux lieux que leurs deux sœurs
Ont couverts de feuillage, ont parsemés de fleurs.
On le posait déjà sur cette couche molle,
Lorsqu'un Vent furieux, déchaîné par Éole,
Réveille Endymion. Il pousse un long soupir,
Qui dans leur cœur transi vient soudain retentir.
Ainsi lorsque la foudre éclate en long tonnerre,
Les malheureux mortels, qui rampent sur la terre,
A cet horrible bruit, saisis, épouvantés,
Veulent fuir, et soudain, par la peur arrêtés,
Semblent voir sous leurs pas s'entrouvrir des abymes,
Et vivans des enfers augmenter les victimes.
De même les dix sœurs restent court en chemin,
Tandis qu'Endymion, qui se réveille enfin,
Qui voit à quelques pas cette troupe immortelle,
Se lève avec transport, pour courir après elle.
Mais Diane soudain, arrêtant son ardeur,
« Téméraire! où vas-tu, dit-elle avec fureur?
» Voilà donc de leurs soins la digne récompense?
» Et de vils attentats sont ta reconnaissance!
Atterré, confondu par ce ton de rigueur,
Il perd en un instant cette altière vigueur,
Qui déjà l'emportait vers les douze pucelles;
Ce feu ne jette plus que quelques étincelles.
« O Diane, dit-il, car quelle autre que vous
» Pourrait prendre ce ton et ce noble courroux?
» M'avez-vous jamais vu, méprisant votre culte,
» Faire aux nymphes des bois la plus légère insulte?
» Je passe tous mes jours à courir les forêts,
» Les montagnes, les prés, les plaines, les guérets.

» C'est ainsi que mon cœur est libre, exempt de peine,
» Et, comme à vous, l'amour m'est un objet de haine.
» Blâmez, vous le pouvez, ma curiosité;
» Condamnez ma rudesse et ma légèreté,
» Mais ne m'accablez pas d'un courroux légitime;
» Mon cœur n'a point connu, ne connaît point le crime.
» Rien ne vous est caché; vous lisez dans mon cœur;
» Endymion peut-il être un vil séducteur?
» Vous le dirai-je encor? dans un perfide rêve,
» Vous étiez près de moi... Permettez que j'achève;
» Vous paraissiez répondre à ma pressante ardeur,
» Et vous prêter sans peine à faire mon bonheur.....
» Que dis-je! pardonnez; Diane; vous le fîtes!
» Et d'autres plaisirs?.... Oh! vous me les interdîtes,
» Alors que cette erreur dans mes sens enivrés,
» Laissa d'un bonheur vrai les souvenirs sacrés,
» Je fus heureux; mon cœur, encor plein d'un tel songe,
» A tous les biens réels préfère ce mensonge. »
Cette chaleur, ce ton, cette noble fierté
Donne à tout ce qu'il dit un air de vérité
Dont Diane sentit les brûlantes atteintes:
Ainsi ne parle pas l'homme aux passions feintes.
Sa manière surtout de peindre le plaisir,
A Diane elle-même en donne le désir.
Ajoutez ce beau corps, ces formes ravissantes,
Que les grâces, l'amour rendent plus séduisantes,
Vous pourrez concevoir quels désirs dévorans
Diane alors sentit courir dans tous ses sens.
« Mon fils, dit-elle, enfin je reçois votre excuse,
» Votre jeune âge encor ne connaît point la ruse;
» Avec un air si sage, avec tant de candeur,
» Que je vous haïrais, si vous étiez trompeur!
» Mais, dites-moi, jamais vos yeux sur les mortelles
» Ne se sont-ils fixés? En trouvez-vous de belles? »

« Ma bouche n'a jamais dit que la vérité,
» Reprit Endymion, nulle ne m'a tenté.
» Elles s'occupent peu d'un jeune homme sauvage
» Qui jamais de l'amour ne connut le langage. »

« Je craignais de la nuit pour vous l'humidité,
» Dit Diane; elle eût pu nuire à votre santé....
» On étouffe en ces lieux.... à peine je respire....
» Pour n'être qu'avec vous, j'ai renvoyé Zéphire...
» Ce fichu m'embarrasse.... approchez-vous de moi....
» Vous voyez; je me livre à votre bonne foi....
» Rien ne peut nous troubler dans cet agreste asile....
» Mais soyez sage au moins; il faut être tranquille....
» Vos membres sont d'un frais!.... Mettez-vous sur mon sein....
» Que faites-vous donc là?... retirez cette main!...
A ces riens importans succède un long silence;
Elle parle, se tait, ensuite recommence;
Mais enfin, succombant à ses brûlans désirs,
Elle invoque tout bas l'amour et ses plaisirs.
Incapable bientôt d'en dire davantage,
Des yeux et de la langue elle perd tout usage.

Le berger, étranger à tout cet entretien,
Dès long-temps n'entendait et ne disait plus rien;
Pensif et tout entier au feu qui le dévore,
Il approche, il recule, et puis approche encore;
Il a peur de déplaire, il en craint le danger;
Savait-il qu'on refuse afin d'encourager?
Mais enfin du triomphe il eut toute la gloire,
Et son cœur s'applaudit de plus d'une victoire.
Quand ils eurent tous deux enfin repris leurs sens,
Qui peindrait l'embarras de ces premiers momens?
Endymion confus, n'osant lever la tête,
Honteux de ce succès comme d'une défaite,
Craignait à chaque instant que Diane en courroux
N'accablât son audace et d'injure et de coups.

La déesse plus fine, en parlant la première,
Rejeta sur l'amour la faute toute entière.
« Ce perfide connaît notre haine pour lui,
» Dit-elle; il a voulu s'en venger aujourd'hui.
» Profitons, croyez-moi, des plaisirs qu'il nous donne;
» Nous blessons la vertu, mais Vénus nous pardonne.
» Plus qu'un autre ce lieu doit nous plaire à tous deux:
» Pour la première fois, nous y fûmes heureux.
» Tous les soirs m'échappant des célestes demeures,
» Avec vous j'y viendrai passer une ou deux heures....
» Mais tandis qu'en ces lieux je vous ai retenu,
» Mon char au même endroit est resté suspendu.
» Je m'en vais achever le reste de ma course,
» Et sans délai me rendre aux lieux voisins de l'ourse.
» En avant j'aurai soin qu'une exacte courrière,
» Comme moi tous les jours fournisse ma carrière. »
A ces mots elle donne au bel Endymion
Un baiser qui réveille enfin sa passion.
Confondu de se voir si sot, si froid près d'elle,
Il lui jure en partant une amour éternelle.

Cependant les mortels étonnés que la nuit
Restât stationnaire environ vers minuit,
Allaient, venaient, couraient, frappaient à chaque porte,
Raisonnaient, consultaient; nul avis ne l'emporte.
Les uns, grands raisonneurs, disaient tout simplement
Que les astres allaient tomber du firmament;
Et d'autres mieux instruits voulaient que l'aventure
Du céleste courroux fut une preuve sûre.
Chacun disait la sienne; aucun ne devinait
Qu'en fortune amoureuse, alors la lune était.
Depuis long-temps l'aurore avec ses doigt de roses,
Voulait ouvrir, des cieux les portes demi-closes,
Mais Thétis, sur Phébé mesurant son départ,
L'arrête impatiente au céleste rempart.

Tous les Mathieux-Lansberg, collés sur leurs lunettes,
Lisaient avec effroi la mort dans les planettes,
Tandis que mainte épouse, avec un jeune amant,
Les faisait de son mieux mentir en attendant.
Sous un toit enfumé la mère de famille
Qui file, en devisant, la laine avec sa fille,
S'étonne que la tâche, augmentant sous leurs doigts,
Amoncèle les fils plus que les autres fois.
Les amans, qui devaient dès l'aube matinale,
Se rendre où leur amour chaque jour se signale,
Desséchaient dans leur lit, de ne point voir venir
L'astre consolateur, garant de leur plaisir,
Et l'époux fatigué, que sa femme tourmente,
Feignant de sommeiller, tout bas s'impatiente
De ne point voir encor cet éternel matin,
Qui doit de sa moitié le séparer enfin.
Le reste des mortels sans soucis, sans pendule,
Ne savent si la lune avance ou bien recule.

Le berger, hors de lui, surpris de son bonheur,
Pour y croire a besoin de consulter son cœur;
Mais enfin convaincu du rendez-vous noctune,
Il soupire, et ses vœux s'adressent à la lune.

Mais Vénus dans les cieux, instruite par l'amour,
Allait disant par tout la nouvelle du jour.
Diane était l'objet de sarcasmes amères,
Dont on n'est point avare en semblables matières.
On riait d'autant plus que, frondant leurs plaisirs,
La prude prétendait maîtriser ses désirs,
Que sans cesse occupée à la course, à la chasse,
Jamais d'amour en elle on n'avait vu de trace.
Un jour Vénus enfin, tirant à part son fils,
Lui dit : « Souffrirez-vous cet excès de mépris?
» Diane, Endymion, tous les jours en cachette,
» Se prouvent à l'envi leur tendresse parfaite.

» Et cependant par tout on les voit se targuant
» D'avoir pour moi, pour vous, un mépris insultant.
» Il faut faire un exemple à jamais mémorable,
» Et sans nulle pitié châtier le coupable.
» Je vous laisse y penser. » L'amour croyait aussi
Qu'un mépris insultant devait être puni ;
Mais jugeant que d'ailleurs leurs amours mutuelles
Dén[illegible]aient assez bien leurs haines criminelles,
Il voulait surseoir ; mais il s'envole à Paphos,
Pour penser aux moyens de troubler leur repos.

Diane, Endymion remplis de leurs tendresses,
Oubliaient l'univers, s'accablaient de caresses.
Ils s'aimaient constamment depuis dix mortels jours.
Jamais on n'avait vu de si chaudes amours.
L'un n'osoit plus sortir de l'enceinte chérie,
Où pour lui commença l'amour de son amie ;
Et Diane, fidèle au plaisir de le voir,
Venait assidûment le trouver chaque soir.
Et qui pourrait narrer quels torrens de délices
Inondaient chaque soir ces deux amans novices ?
Ils se quittaient enfin ; mais après mille adieux,
Ils se tournaient cent fois, et se parlaient des yeux.
Mais, hélas! sur la terre, il n'est rien de durable.
Un seul instant rendit Endymion coupable.
Il avait méprisé l'amour et son pouvoir,
L'amour, en le perdant, crut remplir un devoir,
Diane plaisantait de Vénus, de ses flammes ;
Cas grave, où la vengeance est bien permise aux femmes.

---

## CHANT SECOND.

Muse, soutiens ma voix, prête-moi ton secours;
Réchauffe mon génie, et donne à mes discours
La force, la gaîté, la grâce, l'énergie
Qui fait lire un poëme, en soutient la magie;
Que chez moi, l'intérêt allant toujours croissant,
Ma fable avec succès arrive au dénoûment.

Un jour Endymion franchissait les limites,
Qu'à son amour ardent son cœur avait prescrîtes,
Il parcourait les bois, il revoyait les champs,
Qu'il n'avait point revus, hélas! depuis long-temps.
Aujourd'hui ces forêts, ces champêtres asyles
Lui plaisent beaucoup moins que des lieux moins tranquilles;
Il s'étonne qu'un bois, que des ombrages frais,
A son cœur autrefois offrissent tant d'attraits.
Il ne peut concevoir qu'un endroit solitaire
A l'homme désœuvré présente de quoi plaire;
Il croit depuis dix jours qu'on ne peut-être heureux,
Que quand on peut se dire : « Au moins nous sommes deux. »
Soudain il aperçoit, d'un lieu couvert d'ombrage,
S'échapper une nymphe, au svelte et beau corsage.
Le berger, malgré lui, sent tressaillir son cœur;
« Que cet objet, dit-il, ferait bien mon bonheur! »
Vœu funeste, imprudent, que l'amour en colère,
Lui suggère soudain, excité par sa mère.
La bergère pourtant justifiait son choix;
C'étaient les grâces, Flore, et Vénus à la fois.
Une taille élevée et libre en son allure,
Portait sur deux soutiens de charmante structure.

Des membres potelés, mais d'un juste embonpoint,
Le sein ferme, la jambe et fine et grosse à point,
Une peau de satin, des formes arrondies,
Sous un jupon léger deux fesses rebondies
Présentaient aux regards un objet séduisant,
Et portaient dans les sens un désordre enivrant.
Cet objet que l'amour offrait à ses carresses,
Était, le fait est sûr, Vénus aux belles fesses.
Il voudrait réfléchir, mais il ne le peut pas :
Toujours devant ses yeux sont les mêmes appas.
Sans relâche l'amour le poursuit et l'obsède,
A ce dernier penchant l'amour prétend qu'il cède.
Il lui met sous les yeux cet air de majesté,
Qu'au sein des plaisirs même, a sa divinité ;
Ces regards imposans, cette fierté d'un maître,
Qui vous dit d'être amant, qui vous défend de l'être.
Il oppose avec art à ce tableau hideux
Le charme séducteur, le pouvoir de deux yeux,
Qui vous disent tout bas : « Aimez-moi, je vous aime,
» Je veux vous rendre heureux, rendez-le moi de même. »
Endymion comprit ce langage éloquent ;
Il s'élance après elle, et l'aborde en tremblant.
Que ne devint-il pas, en voyant sa figure ?
Il parle, il dit ces mots ; « Céleste créature,
Et confus, interdit, il se jette à ses pieds,
Qu'il arrose des pleurs dont ses yeux sont mouillés.
L'amour l'attendait là : « Que voulez-vous ? dit-elle,
» Que faites-vous ? Je suis une simple mortelle ;
» Je vais prier les dieux dans le temple voisin ;
» Je me suis déjà trop arrêtée en chemin. »
Ce peu de mots. Son ton, sa voix enchanteresse
Achèvent de porter dans tous ses sens l'ivresse.
« Quoi ! dit-il, vous allez prier les immortels !
» Et c'est à vous qu'on doit élever des autels !
» Vous seule recevrez désormais mon hommage ;
» A n'adorer que vous aujourd'hui je m'engage. »

Ce langage excessif pouvait l'épouvanter,
Plus adroit, il eut dû prier, solliciter ;
Mais l'amour avoit mis au cœur de la bergère,
Le désir de céder avec celui de plaire.
Il ne la quitte plus ; il la suit jusqu'au lieu,
Où s'élevait obscur, l'autel d'un demi-dieu.
Il n'était point chargé de superbes victimes ;
On n'y venait jamais expier de grands crimes.
La bergère n'offrit à son dieu pour présens,
Que du sel et des fruits et quelques grains d'encens.
Mais combien sa prière était intéressante !
« Fais, dit-elle, ô mon dieu ! qu'aucun bien ne me tente;
» Si tu mets, dans mon cœur le doux besoin d'aimer,
» Que mon époux ait seul le droit de me charmer.
» Retranche de mes jours en faveur de mon père ;
» Et que surtout je meure avant ma bonne mère !
L'amour entend des vœux si désintéressés.
Et dit d'un ton malin : « Ils seront exaucés !
» Je promets à ton cœur l'époux le plus aimable;
» Mais un bien si parfait ne sera pas durable. »
Le berger hors de lui sent l'espoir du bonheur ;
Il croit être celui que demande son cœur.
De ses yeux malgré lui soudain coulent des larmes,
Et l'espoir, dans ses pleurs, lui fait trouver des charmes.
Le couple sort du temple, et, conduit par l'amour,
Un bois touffu bientôt le dérobe au grand jour ;
Et c'est-là que tous deux, assis sur l'herbe tendre,
Trouvent en un instant le secret de s'entendre.
Leurs cœurs depuis une heure étaient déjà d'accord ;
Ce moment à jamais décide de leur sort.
Ils se quittent enfin, jurant d'être fidèles,
L'amour qui les entend s'enfuit à tire d'ailes.

Diane cependant était au rendez-vous,
Attendant, sans se plaindre, un infidèle époux.
Il arrive empressé. La plus vive tendresse
Fit bientôt oublier une heure de tristesse.

Le perfide déjà savait dissimuler.
Plus adroite, Diane, au lieu de quereller,
De montrer de l'humeur, de faire des grimaces,
Affecta d'étaler à ses yeux plus de grâces.
Jamais elle ne tint de plus jolis propos,
Jamais elle ne fut plus féconde en bons mots.
Ce retard cependant la laissait inquiète;
Mais l'orgueil triompha, sa bouche fut discrète.
Le lendemain l'amant montra de la froideur,
Il fut un peu maussade, il paraissait rêveur.
Diane, qui tenait toujours à son système,
Se montra sémillante, et fut toujours la même.
Enfin, le lendemain, il ne vint pas du tout.
Diane n'y tient plus, elle est poussée à bout.
Un soir donc qu'elle était sur le haut d'une nue,
Pour charmer son dépit, au loin portant la vue,
De préférence encore examinant les lieux,
Si souvent les témoins de ses ébats joyeux,
Elle voit son amant courant à perdre haleine,
Au sortir d'un grand bois, traverser une plaine.
Elle ne douta point que quelqu'objet nouveau
N'eut retenu si tard l'inconstant jouvenceau.
Elle porte aussitôt ses regards en arrière;
Soudain elle aperçoit le plus joli derrière,
Dodu! ferme! blancheur, éclat, rien n'y manquait:
C'était ce que les dieux firent de plus parfait.
A force de plaisir, sur le ventre assoupie,
Le sommeil, dans ses bras, tient la belle endormie.
Alors un vent léger soulevait le jupon,
Qui voilait ses appas des reins jusqu'au talon.
« Je connais maintenant les trop puissantes armes,
» Que la belle employa pour surpasser mes charmes,
» Dit la lune; on verra qui d'elle ou bien de moi,
» A l'autre avec plus d'art saura faire la loi.
» Et qu'on ne dise pas qu'une bergère obscure
» M'ait fait, sans l'en punir, les affronts que j'endure.

» Je veux par ma vengeance effrayer l'avenir,
» En répandre en tous lieux l'horrible souvenir. »
La Lune au même instant, de ses rênes s'empare,
Et par l'Averne infect s'en va droit au Tartare.
En traversant des lieux incultes, détestés,
Par la haine, la mort, les douleurs habités,
Tout son orgueil encor se peint sur son visage,
Les ombres à l'envi s'offrent sur son passage :
Hécate est un objet de curiosité,
Qui rompt l'affreux ennui de l'uniformité;
Elle croit enchanter cet odieux vulgaire;
Tant au cœur d'une femme est le désir de plaire!
Souvent ainsi l'on voit un jeune lieutenant,
Conduire avec orgueil l'extrait d'un régiment;
Il porte haut la tête, il fait luire une épée
Que dans le sang jamais son bon cœur n'a trempée.
A sa démarche fière, à son air de héros,
Qui ne voit un guerrier nourri dans le repos?
Selon lui tous les yeux admirent sa personne.
Ne le fixe-t-on pas? son orgueil s'en étonne.
Il croit ses traits gravés dans les cœurs pour toujours;...
Les spectateurs souvent n'ont vu que les tambours.
Ainsi l'on voit encor dans un bel équipage,
D'un luxe impertinent promenant l'étalage,
Un de ces élégans, au visage fleuri,
Montrer le sot orgueil d'un nouvel enrichi;
On s'arrête, on admire au coin de chaque rue;
Un peuple entier s'attroupe et se presse, et s'obstrue;
A-t-on vu l'homme? On dit, en lui tournant le dos :
« La voiture est fort belle, ainsi que les chevaux. »
Cependant la déesse, au centre de la terre,
A franchi le Tartare, et s'adresse à Mégère;
Mégère que Pluton charge de ses fureurs;
Rien ne peut l'attendrir; plus dure que ses sœurs,
Sans cesse de son fouet déchirant les coupables,
Son cœur affreux se plait à leurs cris lamentables.

» Tu sais combien, dit-elle, Hécate aime à punir ;
» Je connais dès long-temps ton zèle à me servir.
» Là haut une mortelle, et me brave et m'insulte,
» Elle néglige, hait, et méprise mon culte.
« Je prétends m'en venger, mais si sévèrement,
» Que l'on cite à jamais cet affreux châtiment.
» Sa tournure est charmante, elle est belle et jolie,
» Et depuis quelque temps par l'amour embellie.
» Mais en elle j'ai vu certain charme secret,
» Qui plaît trop aux mortels, qui par-là me déplaît.
» Tu connais mon désir, satisfais ma vengeance ;
» Un bienfait n'est jamais chez moi sans récompense. »

« Déesse, dès long-temps vous connaissez ma foi,
» Dit Mégère ; je sais tout ce que je vous doi.
» Vous pouvez à jamais vous fier à mon zèle,
» Je connais vos désirs, et j'y serai fidèle.
» On vous déplaît ; suffit ; vous en aurez raison ;
» Demain, sous d'autres traits, j'irai dans sa maison.
» Là, je verrai d'après son ton, son caractère,
» Si je dois me montrer ou plus ou moins sévère.
» Reposez-vous sur moi du soin de la punir ;
» Ou bien Mégère est bonne, et se laisse attendrir. »
Hécate était pressée, et l'enfer l'importune,
Elle en sort à l'instant et redevient la Lune.

Notre aimable bergère et son aimable amant,
Goûtaient tous les plaisirs que l'on goûte en aimant.
Se livrant tout entiers à l'amour le plus tendre,
Leurs plaisirs à tous deux étaient de se les rendre.
Pouvaient-ils soupçonner qu'un destin aussi doux
Pût attirer sur eux le céleste courroux.
La bergère éprouvait cette langueur si douce,
Où, cherchant le plaisir, souvent on le repousse.
Qu'elle soit près ou loin, du tendre Endymion,
Elle verse des pleurs sans cause et sans raison.

Un trouble involontaire en secret la tourmente ;
Elle sent des vapeurs et tout l'impatiente.
Ce n'est pas qu'elle soit insensible au plaisir,
Indifférente au bien d'aimer et de sentir ;
Mais c'est plutôt ; oui, c'est un bienfaisant génie
Qui l'avertit des maux qui menacent sa vie.
Les dieux, j'en suis certain, nous préviennent tout bas
Des abîmes profonds qui s'ouvrent sous nos pas.
Tout à coup à ses yeux se présente *Clarice ;*
Des filles du hameau, c'est la consolatrice ;
Sa bonté les prévient de l'imminent danger
De fréquenter souvent, d'écouter un berger.
Son cœur est excellent; sa longue expérience
Par des bienfaits sans nombre acquit leur confiance.
Un long corps desséché, sur un bâton noueux,
Soutient l'énorme poids des ravages affreux,
Que quatre-vingt-dix ans ont faits sur sa personne ;
Et ses sages avis, *gratis* elle les donne.
Elle entre chez la belle. A son air soucieux,
A ces pleurs incertains qui roulent dans ses yeux,
Elle voit à l'instant ce qui se passe en elle.
« Semblable maladie, en vous n'est pas mortelle,
» Dit la vieille en entraut, tarissez donc ces pleurs,
» Ou je vais hors d'ici placer mieux mes faveurs.
» Vous paraissez sensible aux chagrins de l'absence ;
» Consolez-vous ; on peut suppléer la présence.
» J'ai vécu si long-temps ! j'ai trouvé des secours
» Dont je veux qu'en secret vous usiez tous les jours.
» J'en ai fait depuis peu l'utile découverte ;
» Vous êtes la première à qui je l'aye offerte.
» Dans vos secrets ébats, la chaleur d'un époux
» Pénètre tous vos sens du plaisir le plus doux ;
» Et c'est cette chaleur que je prétends vous rendre ;
» Vous croirez dans son sein la puiser et la prendre.
» Cet utile secours contre un époux absent,
» Même encor prés de lui vous servira souvent. »

Elle lui montre alors ces chauffrettes infames,
Que l'enfer inventa pour éteindre nos flammes.
« Ces vases contiendront les charbons enflammés,
» Dit-elle, dont vos feux doivent être allumés;
» Et plus vous sentirez la chaleur se répandre,
» Plus dans vos sens aussi la chaleur doit s'étendre.
» Vous croirez toujours être en ces momens si doux,
» Où contre votre sein, vous pressez votre époux. »
Mégère, car c'est elle, ayant fini son rôle,
Dépouillant sa figure, au Tartare s'envole.

De la bergère ici peindrai-je l'embarras?
Doit-elle se servir, ou ne se servir pas
De l'utile instrument que lui laissa *Clarice*?
Est-ce un secours réel, ou bien un artifice?
Elle pense qu'au moins, dans sa perplexité,
Elle peut sans danger, chercher la vérité.
L'air était assez frais; et soudain la pauvrette
De charbons enflammés a rempli sa chauffrette;
Et sous son court jupon, en promenant la main,
Sans y penser l'arrête à cet endroit divin,
De qui l'humidité, sans cesse entretenue,
A le plus grand besoin de chaleur continue.
» Bon! dit-elle; je crois que c'est ici le lieu,
» Dont *Clarice* prescrit d'entretenir le feu.
» Voyons si j'en aurai l'effet que j'en espère.
» Toujours entretenu, ce feu doux, salutaire,
» Conservera celui qu'allume mon mari. »
Ce qu'elle sent déjà, la fait parler ainsi.
En effet la chaleur, qui dans ses sens pénètre,
Lui semble à tout son corps donner un nouvel être;
Et son époux, qui vient en ces heureux instans,
S'attribuant le trouble, où se trouvent ses sens,
Lui prodigue à son tour des preuves de tendresse,
Qu'il devait à l'amour, et non pas à l'adresse.

*La Chauffrette aussitôt, courant de main en main,*
*Sous un Jupon léger, va se placer soudain.*

Pag. 57.

On rencontre souvent de ces benins maris,
Auprès de leur moitié le plus souvent transis,
S'enflammant tout à coup aux élans de la joye,
Qui parfois devant eux sur son front se déploye.
Ils sont tout fiers alors des feux qu'ils ont produits;
Ils vont contant par tout leurs amoureux déduits.
Hélas! le plus souvent ce n'est qu'un pur caprice,
Ou bien, pour les tromper, un honteux artifice:
Jamais dans leurs ébats l'amour n'entra pour rien.
La jeune épouse ainsi crut se trouver fort bien
Des ruses qu'en secret employait son adresse;
Un feu grossier ainsi réchauffait sa tendresse.
La chauffrette bientôt, courant de main en main,
Sous un jupon léger va se placer soudain,
Et les charmes secrets, formés par la nature,
N'offrent, déshonorés, qu'une affreuse brûlure.
Ces marbres, arrondis pour le plaisir des yeux,
Réclament nuit et jour des voiles odieux.
La reine des amours, jalouse de la belle,
Sut le fatal projet, qui se tramait contre elle,
Et s'applaudit tout bas qu'on la privât d'un bien,
Digne des immortels, et préférable au sien.
Ainsi par tout la femme a le désir de plaire,
Et contre une rivale invoquerait Mégère.
Beaucoup de gens diront: La bergère eut ici
L'impardonnable tort de taire à son mari,
Le funeste présent que lui faisait *Clarice;*
Il en eût aisément découvert l'artifice.
Oui; mais un second tort, fruit affreux du premier,
Détruisit sans retour son bonheur tout entier.
Ses cuisses, tous les jours de feux ardens rôties,
Sans qu'elle s'en doutât, étaient toutes noircies;
Ce n'est plus l'incarnat appelant le plaisir,
Ni l'aimable blancheur provoquant le désir,
Ce sont d'arides peaux, noires et raboteuses,
N'offrant plus d'autrefois que les formes heureuses.

Endymion, qui sait son épouse par cœur,
Ne porte plus les yeux aux sources du bonheur;
Sûr de ce qu'il a vu, le visage a son culte,
Son aveugle agent seul parcourt l'endroit occulte.
Mais une femme enfin, combien qu'elle ait d'honneur,
Montre tout à l'époux, sans blesser la pudeur;
Un voile épais s'oppose à l'étranger avide,
L'époux seul est exempt de cette loi rigide.
Un jour donc, jour fatal! il voulait ranimer
Son amour endormi, trop lent à s'exprimer;
Son esprit est distrait, et sa main se promène
Vers les endroits secrets devenus son domaine;
Il se félicitait que de tant de beautés,
Seul au monde il jouit, suivant ses volontés.
Voilà qu'en approchant de la grotte secrète,
Il sent que tout à coup quelque chose l'arrête.
La curiosité soudain le porte à voir
Ces inégalités qu'on ne doit point avoir.
Que ne devint-il pas, lorsque ces belles fesses,
Qu'il couvrit si long-temps des plus vives caresses,
N'offrent plus à ses yeux qu'un objet plein d'horreurs,
Flétri, déshonnoré des plus sombres couleurs!
« Grands dieux! s'écria-t-il, quel horrible spectacle
» Oppose à mon bonheur un éternel obstacle!
» Est-ce un affreux suppôt de l'infernal Pluton,
» Qui sur ces lieux charmans versa son noir poison?
» En attaquant ainsi ma femme, mon amie,
» On s'en prend à moi-même, on en veut à ma vie!
» Diane, voilà donc l'effet de ton amour!
» Il me prive à jamais de la clarté du jour.
» J'irai, pour t'éviter, dans les lieux les plus sombres;
» A ton éclat trompeur je préfère les ombres;
» Je brave tes fureurs, je brave ton pouvoir,
» Et renonce à jamais à l'horreur de te voir.
» Contre moi cherche, invente une plus forte peine,
» Mon cœur pour toi, ne peut ajouter à sa haine. »

A ces mots il s'enfuit pour ne plus revenir.
Avec lui disparut le bonheur, le plaisir.
Enfin, ne pouvant plus supporter la lumière,
De la bonté des dieux, touchés de sa misère,
Il obtint de dormir d'un si profond sommeil,
Que jamais ses beaux yeux ne vissent son réveil;
Et, plus sensible enfin, toutes les nuits la Lune,
Quittant les cieux, venait le baiser à la brune.
Sa malheureuse amante, en attendant la mort,
Ne cesse de gémir, de déplorer son sort.
Semblable au lys des champs, coupé dans sa racine,
Sa beauté se flétrit et sa santé se mine.
Vers sa fin, à chaque heure, elle fait un grand pas;
Et le dixième jour éclaire son trépas.
Si ce récit, beau sexe, a fait couler vos larmes,
Pour être plus heureux, conservez mieux vos charmes..

---

## CHANSON DE LA CHAUFFRETTE.

SEXE charmant, sexe trompeur!
O toi! qui de toute ma vie,
Fis le tourment et le bonheur,
Que j'aime et hais à la folie!
Je paye d'un tendre retour,
L'objet qui me tourne la tête,
Mais en lui, le feu de l'amour
N'est souvent qu'un feu de chauffrette.

Oui; je te chéris ardemment,
Me disait Cloris, l'œil humide;
A l'égard du plus tendre amant,
Pourrais-je, hélas! être perfide?
Un peu surpris de la chaleur
De ce vain propos d'amourette,
Je regarde, et pour mon malheur,
Je vis le feu d'une chauffrette.

Dans un tête à tête amoureux,
Je m'échauffais avec Céphise,
Quand tout à coup je vois ses feux,
Comme frappés du vent de bise;
Honteux du refroidissement
Qui glace notre tête à tête,
J'en cherche la cause à l'instant;
Le feu manquait dans sa chauffrette.

Lorsque cédant à vos désirs,
Lorsque cédant à sa tendresse,
Votre maîtresse, des plaisirs
Commence à ressentir l'ivresse,
Craignez un funeste retour,
Mais pour assurer sa défaite,
Fruit heureux d'un brûlant amour,
Amans, ranimez sa chauffrette.

Un jour, au milieu des ébats
Qu'enfante l'amoureux délire,
Mon œil parcourait les appas
De la séduisante Idamire;
J'étais en feu, tout hors de moi,
Et ma victoire était complette;
Mais j'aperçus avec effroi,
Les ravages de sa chauffrette.

Belles, ne vous y trompez pas!
Pour un vain plaisir qu'il vous donne,
Ce meuble gâte des appas
Dont la beauté nous aiguillonne;
Mais si, pour ranimer vos sens,
Il vous faut la chaleur secrette
D'un feu qu'abhorrent les amans,
Mettez les pieds sur la chauffrette.

www.ingramcontent.com/pod-product-compliance
Ingram Content Group UK Ltd.
Pitfield, Milton Keynes, MK11 3LW, UK
UKHW020455230726
13925UKWH00005B/1944

9 782014 039818